Une histoire de **Michel Piquemal** illustrée par **Élodie Nouhen**

Mon miel ma douceur
ياعسلي، ياحلوتي

Les parents de Khadija étaient nés
de l'autre côté de la mer…
Et tous les étés, ils prenaient
le bateau de Marseille
pour aller voir leur famille
dans le bled, près du Chott el-Djerid.

chatt al-jarīd
شط الجريد

Khadija aimait bien retrouver
ce pays qui était un peu le sien.
Les chemins poussiéreux
écrasés de soleil,
les figues de Barbarie,
les dattes mangées à poignées,
les baignades dans l'oued…
et par-dessus tout
sa grand-mère Zhora.

jaddatuha zahra

جدتها زهرة

En France,
Khadija n'avait pas de grands-parents.
Elle adorait cette grand-mère qui la gâtait.
Grand-mère Zhora incarnait pour elle
la douceur de miel du pays.
Elle était toujours d'accord pour lui préparer
des monceaux de gâteaux,

fatā'ir mahchiyya bi-l-hāmed al muraqqad crêpes fourrées au citron confit
فطائر محشية بالحامض المرقد
wa qarn al-ghazāl ou cornes de gazelle
وقرن الغزال
āl-marchouch bi-s-sukkar farinées de sucre...
المرشوش بالسكر

…toujours prête pour l'emmener marcher
sur les chemins à la recherche de salades sauvages,
…toujours disponible pour lui raconter
de longues histoires dans cette langue étrange
que Khadija comprenait à moitié :

kān yā mā kān amīratun Il était une fois une princesse

كان ياما كان أميرة

ismuha chahrazāde du nom de Shéhérazade…

اسمها شهرزاد

Chaque soir, grand-mère Zhora
lui contait un jeu mystérieux
sur le bout de ses doigts,
qui la faisait rire aux éclats :

hādhā lqā bayda هذا ألق بيضة	Celui-là a trouvé un œuf
hādhā tayyabhā هذا طيبها	Celui-ci l'a fait cuire
hādhā qachcharhā هذا قشرها	Celui-ci a enlevé la coquille
hādhā klāhā هذا اكلها	Celui-ci l'a mangé
hādhā gāl fin haqqī هذا ڨال فين حقي	Et celui-ci a demandé : où est ma part ?
dab namla دب النملة	La fourmi monte monte
dagh dagh dagh دغ دغ دغ	Guili guili guili

Lorsqu'elle arrivait au pays,
c'étaient mille embrassades,
mille tendresses
chuchotées à l'oreille :

yā ʿaslī yā ḥilwatī — mon miel, ma douceur,
ياعسلي، ياحلوتي
yā lu'lu'atī yā qalbī — ma perle, mon cœur…
يالؤلؤتي، ياقلبي

Lorsqu'elle repartait,
c'étaient des moments de tristesse,
des lamentations,
des mouchoirs agités :

ʿūdi sarīʿān yā ḥilwatī — Reviens vite ma douceur,
عودي سريعا ياحلوتي
ʿūdi sarīʿān li-liqā'i — reviens vite retrouver
عودي سريعا للقاء
jaddatuki allatī tuḥibbuki — ta grand-mère qui t'aime !
جدتك التي تحبك

Hélas ! un vilain jour d'hiver,
un télégramme arriva,
comme un briseur de rêves :

laqad mātat 'l-jaddatu zahra Grand-mère Zhora était morte !
لقد ماتت الجدة زهرة

Khadija sentit sa poitrine
se vider de son air.
Elle ne sut que pleurer,
pleurer sans fin
dans les bras de sa mère
qui retrouva, pour un instant,
la langue du pays :

lā tabkī yā bintī Ne pleure pas, ma fille,
لا تبكي يابنتي
lā tabkī yā ḥilwatī ne pleure pas, ma douceur…
لا تبكي ياحلوتي

Et pourtant toutes les deux pleuraient,
pleuraient sans pouvoir s'arrêter.
La tristesse ne quittait plus leur cœur.
Mais deux jours plus tard,
le facteur apporta un mystérieux paquet.
C'était une tunique brodée.
Khadija la reconnut aussitôt.
Elle avait souvent vu le soir
sa grand-mère Zhora faire courir
l'aiguille sur la soie pour la décorer.
Elle lui disait alors :

hādhā al qaftān sayakūnu laki — Cette tunique sera pour toi,

هذا القفطان سيكون لك

yā bintī — ma petite fille.

يابنتي

sa-yuhallī ah-lāmaki wa yaj῾ — Elle adoucira tes rêves

سيحلي احلامك

aluki tufakkīrīna bī — et te fera penser à moi.

ويجعلك تفكرين بي

Le soir, Khadija revêtit sa tunique.
Elle sentit à nouveau tous les parfums
et toutes les douceurs du pays.
En caressant la soie, et toutes les broderies,
c'était comme si on lui murmurait à l'oreille :

yā ʿasalī yā ḥilwatī — mon miel, ma douceur,
ياعسلي، ياحلوتي
yā luʾluʾatī yā qalbī — ma perle, mon cœur…
يالؤلؤتي، ياقلبي

Les cauchemars qui la bouleversaient
depuis plusieurs jours s'effacèrent.
Grand-mère Zhora était là dans ses rêves.
Elle l'emmenait marcher sur les chemins,
elle lui préparait des gâteaux qui fondent
sur les lèvres, et surtout elle lui racontait
de magnifiques histoires :

kān yā mā kān fī bilād al-jin — Il était une fois au pays des djinns…
كان ياما كان في بلاد الجن

Cela l'aida à faire le deuil.
Lorsque la tristesse était trop forte,
elle se glissait dans la belle tunique
brodée et une berceuse l'emportait :

ninni yā mummū نيني ياmomo	Dors bébé, dors
htā ytīb ʿshānā حتى يطيب عشانا	Jusqu'à ce que le dîner soit prêt
u la mā tābshi ʿshānā ولا ما طابشي عشانا	Et s'il ne l'est pas
ytīb ʿshā jirānnā يطيب عشا جيرانا	Celui des voisins le sera
ninni yā mummū نيني يا مومو	Dors bébé, dors
httā tji ʿandū ummū حتى تجي عندو امو	Jusqu'à l'arrivée de ta maman.

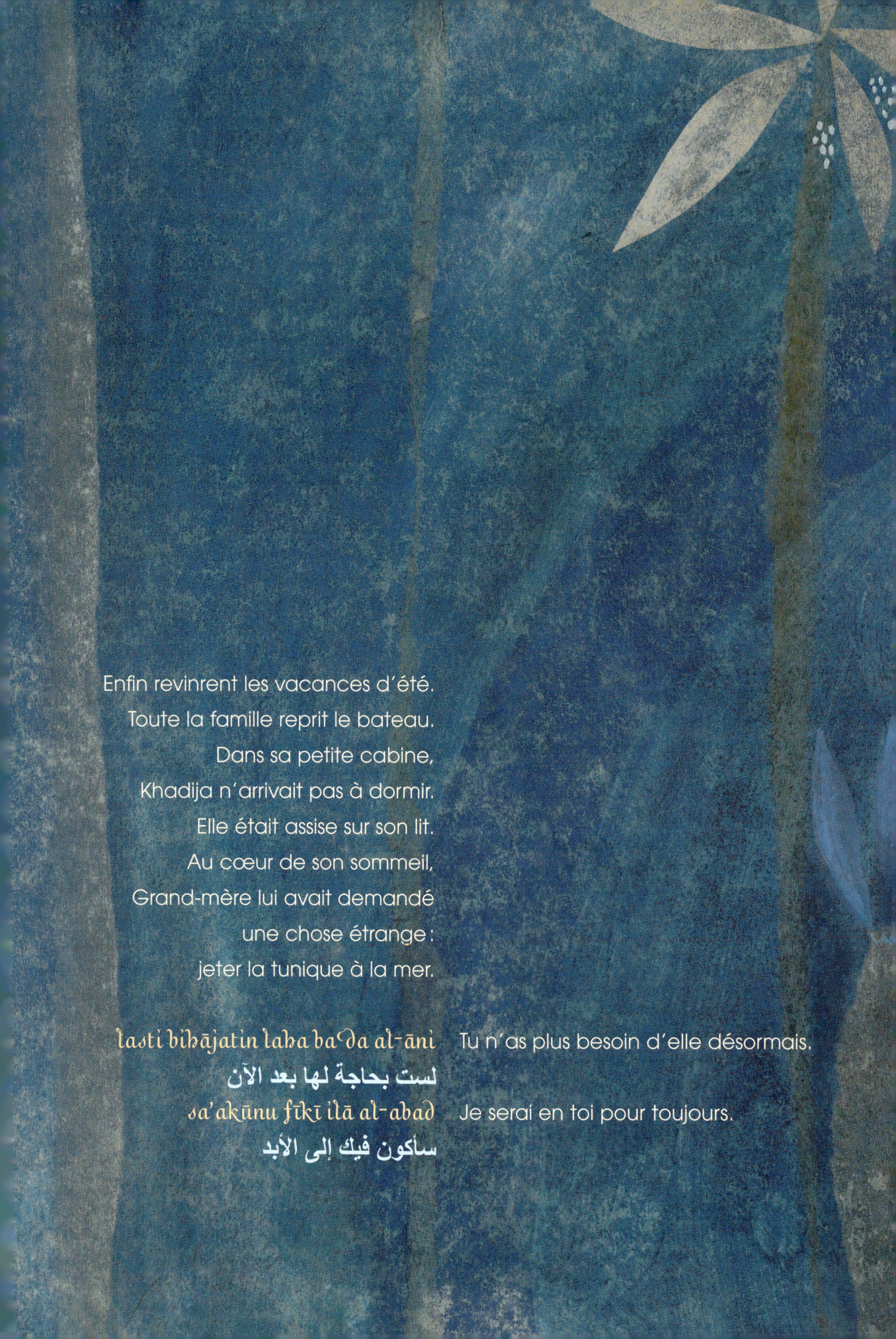

Enfin revinrent les vacances d'été.
Toute la famille reprit le bateau.
Dans sa petite cabine,
Khadija n'arrivait pas à dormir.
Elle était assise sur son lit.
Au cœur de son sommeil,
Grand-mère lui avait demandé
une chose étrange :
jeter la tunique à la mer.

lasti biḥājatin lahā baʿda al-āni — Tu n'as plus besoin d'elle désormais.
لست بحاجة لها بعد الآن

sa'akūnu fīki ilā al-abad — Je serai en toi pour toujours.
سأكون فيك إلى الأبد

Khadija monta sur le pont.
Dans la nuit, on apercevait au lointain
les lumières de la grande ville blanche.
Khadija comprit que sa grand-mère avait raison.
Elle ne pouvait pas la garder ainsi prisonnière dans ses rêves.
Elle devait la laisser aller retrouver la paix de la mer.

man khallafa lam yamut « Qui a assuré sa descendance ne meurt pas. »

من خلف لم يمت

Elle jeta la tunique dans les flots.
Et pour la première fois,
elle chanta dans sa langue
la berceuse que Grand-mère
lui avait apprise :

ninni yā mummū	Dors bébé, dors
نيني ياومو	
htā ytīb ʿshānā	Jusqu'à ce que le dîner soit prêt
حتى يطيب عشانا	
u la mā tābshi ʿshānā	Et s'il ne l'est pas
ولا ما طابشي عشانا	
ytīb ʿshā jirānnā	Celui des voisins le sera
يطيب عشا جيرانا	
ninni yā mummū	Dors bébé, dors
نيني يا مومو	